BRUNA MACIEL BORGES

DE VA GAR

ENTRE PALAVRAS E CAUSOS, UMA GRANDE AMIZADE

TALENTOS DA LITERATURA BRASILEIRA
São Paulo, 2019

Devagar

COORDENAÇÃO EDITORIAL: Rebeca Lacerda
PREPARAÇÃO: Jadson Gomes da Silva
ARTE DE CAPA E PROJETO GRÁFICO: Bruna Casaroti
REVISÃO: Tássia Carvalho

EDITORIAL
Jacob Paes • João Paulo Putini • Nair Ferraz
Rebeca Lacerda • Renata de Mello do Vale • Vitor Donofrio

AQUISIÇÕES
Cleber Vasconcelos

Texto de acordo com as normas do Novo Acordo Ortográfico da Língua Portuguesa (1990), em vigor desde 1º de janeiro de 2009.

Dados Internacionais de Catalogação na Publicação (CIP)
Angélica Ilacqua CRB-8/7057

Borges, Bruna Maciel
Devagar : entre palavras e causos, uma grande amizade
Bruna Maciel Borges
Barueri, SP : Novo Século Editora, 2019.

1. Ficção brasileira 2. Brasil – Região Nordeste – Cultura – Ficção I. Título

19-0313 CDD-869.3

Índice para catálogo sistemático:
1. Ficção : Literatura brasileira 869.3

NOVO SÉCULO EDITORA LTDA.
Alameda Araguaia, 2190 – Bloco A – 11º andar – Conjunto 1111
CEP 06455-000 – Alphaville Industrial, Barueri – SP – Brasil
Tel.: (11) 3699-7107 | Fax: (11) 3699-7323
www.gruponovoseculo.com.br | atendimento@novoseculo.com.br

A todos os Ciços, Cicinhos e
Fabianas da minha vida:

Obrigada por inspirarem até
as entrelinhas desta história.

Cicinho

Eu escrevo muito bem. Dizem que, para um menino de 13 anos, isso nem é normal. Me perguntam como foi que eu aprendi a escrever assim. Como é que se aprende uma coisa que nasce com a gente? Eu acho que não aprende. Tem coisa que a gente aprende e tem coisa que já vem lá de dentro. Por exemplo, eu tive que aprender a jogar bola. Eu não sabia. Mas escrever... não sei como foi que aprendi, não.

Não sei se isso veio dos meus pais ou se não veio de ninguém. Pode ter vindo de mim mesmo. Eu quero que tenha vindo deles. Assim, eu carrego um pouquinho de painho e mainha comigo para sempre. A minha professora de Português diz que é na escrita que a gente mostra quem a gente é. Acho que é por isso que eu guardo todas as cartas que mainha já escreveu para mim, porque eu sinto que é ela quem está ali, me falando cada palavra.

Fabiana

Às vezes, eu tenho uma vontade danada de parar. Só parar. Manoel parece que tem como meta de vida dificultar a vida de todo mundo. Como é que eu vou conseguir criar um roteiro que vai mudar a história da escola? Mudar tudo com um roteiro? Ele só pode estar de brincadeira... Mas eu não vou perder essa chance. O que eu puder fazer para que os meus alunos passem mais tempo na escola, eu vou fazer.

Seu Ciço

Seu Ciço vende frutas na feirinha de Gravatá, cidade do agreste pernambucano. Na verdade, as frutas são figurantes para os seus causos contados e cantados diariamente. Suas laranjas podem ter sido colhidas por Comadre Fulozinha ou por um boi dançarino. Depende de quem vai comprá-las. "Seu Ciço, qual a história dessa aqui? E daquela outra?", as crianças perguntam enquanto apontam para todas as frutas da barraca. Ele, pacientemente, pega a sua sanfona e encanta todos com o festival de criatividade que só ele sabe fazer. Seu Ciço é o melhor contador de histórias da cidade. Todos os seus contos carregam um pouquinho dele e um pouquinho de quem escuta. Deve ser por isso que uma história nunca é contada da mesma forma mais de uma vez. Tem sempre um toque que a torna única.

A conversa com o diretor da escola

— Eu já falei, Fabiana! Não dá para salvar o mundo! Quando é que você vai entender isso?

– Não é salvar o mundo inteiro, Manoel... É fazer o que está ao nosso alcance. Isso aqui é uma escola! A gente tem que investir em educação.

– A gente investe em educação. Só não dá para criar um clube de teatro e literatura e dobrar o tempo dos alunos na escola. Mais tempo na escola significa mais gastos para a escola.

– Dá, sim, Manoel. E você sabe que dá! A gente precisa saber defender isso para o secretário. E a gente consegue!

– E como você sabe que vai ter demanda para esse clube? Se for opcional, os meninos vão querer ficar na escola em vez de irem para casa? É muita imaginação, Fabiana.

– Deixa que eles decidam se vão querer ou não! Por que antecipar? Eu já falei que eles têm se animado para a peça. A gente poderia começar fazendo o evento do final de ano!

– Tá bom, eu cansei de argumentar. Então, é o seguinte: primeiro, você vai me convencer. Escreva o roteiro dessa peça e me apresente. Se eu gostar, a gente tira do papel, e, lá mesmo, eu convoco uma votação para a criação do seu clube. Os alunos e os pais vão poder participar. Mas, antes, eu tenho que gostar desse roteiro. Se eu não gostar, esqueça. Entendeu?

– Manoel, como é que tu vai botar esse peso todinho em um roteiro? Eu vou escrever um negócio que vai mudar a tua opinião?

– Quer ou não quer?

– Quero.

– Boa sorte.

"Bênção, painho! Bênção, mainha!"

Fabiana saiu da sala da diretoria depressa. Pelo menos, conseguiu uma chance depois das inúmeras tentativas fracassadas para convencer Manoel. Ela entrou na sala de aula do sétimo ano e chamou a atenção dos alunos:

– Gente, está todo mundo lembrado de que amanhã é o Dia das Profissões aqui na turma?

– Sim! – os alunos responderam em coro.

Cicinho se ajeitou na cadeira e abaixou a cabeça, desconfortável. Fabiana não percebeu.

– Ótimo! Agora, organizem-se em grupos e continuem a atividade de ontem.

Cicinho sentou ao lado de Binho, Leno e Deco para fazer a tarefa junto dos colegas. Como ele tinha muita facilidade, sempre ajudava os amigos. A tarefa era de produção de texto. Um aluno começava a escrever sobre um tema dado por Fabiana, e, quando ela dissesse "para", ele tinha que entregar para um dos colegas, que iria continuar. Em seguida, trocava novamente, até que todos do grupo tivessem escrito. O resultado seria uma produção em conjunto, com pedaços livres de cada autor. Essa era a atividade preferida de Cicinho.

Depois da apresentação dos textos, o sinal tocou e os alunos logo se organizaram.

– Obrigada, turma! Não se esqueçam de trazer uma pessoa inspiradora amanhã para a aula! Estou ansiosa para conhecer cada um dos convidados!

Cicinho correu para casa, mas, antes, fez a pausa de sempre no caminho: o portão da dona Neusa. Ela lhe entregou um bombom de chocolate secreto, que ele guardou no bolso.

Cicinho correu, entrou em casa, cumprimentou o seu avô e parou em frente à fotografia na mesinha de madeira que ficava no minúsculo corredor da casa.

– Bênção, painho! Bênção, mainha!

Na foto, estavam os pais de Cicinho no dia do casamento. Era a única fotografia dos dois na casa. Ele cuidava muito bem daquela foto. Sempre que chegava em casa, beijava a própria mão e depois encostava na imagem. Ele passou a fazer isso depois que o seu avô falou que beijar diretamente a foto iria estragá-la.

O corredor terminava em dois quartos: do lado esquerdo, o quarto do seu avô Nelson. Ali, só tinha uma velha cama de madeira, um armário escuro e uma mesa de canto com uma Bíblia, uma caneca de água e a foto da doce vó Nilda. Do lado direito do corredor, o quarto de Cicinho. Logo na entrada, havia uma estante que ele mesmo fez com o seu avô. Ali, ficavam os seus livros escolares, a sua bola e a imagem de Padre Cícero. Ao lado da estante, ficava a cama de Cicinho e, embaixo da cama, uma toalhinha forrada onde dormia Lampião, o seu cachorro.

Lampião era um vira-lata cor de mel que seguiu Cicinho até a sua casa quando ainda era um filhotinho. Cego do olho direito, o filhote logo encantou o menino que, na época, estava com seis anos e tinha acabado de ficar órfão. O acidente de moto dos seus pais tinha acontecido apenas três semanas antes. Comovido, vô Nelson deixou o cachorrinho ficar e perguntou qual seria o nome que o neto escolheria. "Não vou escolher nome nenhum, ele já tem nome e o nome dele é Lampião". Desse dia em diante, Cicinho passeava com Lampião todos os dias. Sol ou chuva. Calor ou frio. Ele gostava de chamar o vô Nelson para fazer parte dos passeios. O lugar preferido do trio era o topo da Serra do Maroto. Era o mais longo dos passeios. Eles tinham que estar bem dispostos. De lá, gostavam de ver a cidade inteirinha. O vô Nelson sempre dizia para o neto que aquela paisagem parecia uma pintura. E parecia mesmo. "Eita, que Gravatá tá crescendo...", neto e avô se encantavam com a mistura entre as casas e a natureza.

O dia de Cicinho

Depois de pedir a bênção, Cicinho conversou um pouco com a fotografia dos pais, contando-lhes como tinha sido o dia. Esse era um costume do menino e, não importava a insistência do avô para que parasse com isso, ele nunca deixava de fazer.

Seguiu para o seu quarto e abraçou Lampião.

– Por que é que tu tás dormindo uma hora dessa, Lampião? Eu estudando; e você dormindo, né, danado? – ele riu.

Depois, deitou na cama e tirou um bombom de chocolate do bolso. Lampião logo tentou subir na cama para abocanhar o doce do menino.

– Não, não! Aqui, é comida de Cicinho. Não é comida de Lampião!

Lampião insistiu, empurrando a pata na perna de Cicinho.

– Eu já vou preparar o nosso lanche, calma!

Cicinho levantou da cama, foi até a pequena cozinha da casa e abriu a gaveta do armário que ficava embaixo da pia. Dentro da gaveta, tinha um pano. Ele desenrolou e pegou os seis ovinhos de codorna que estavam ali guardados. Depois, pegou uma panela que estava pendurada na parede, encheu de água e colocou os ovinhos para cozinhar.

Lampião esperava sentado ao lado dos pés do garoto. Depois que a água ferveu, o menino se abaixou, descascou os ovinhos, soprou e deu três para o cachorro.

– Três para mim e três para você.

Vô Nelson logo gritou do quintal:

– Cicinho, menino, vai comprar laranja na feira! Não demora!

Vô Nelson tinha um ar um pouco rígido, mas o seu coração era amolecido pelo único neto que Viviana, sua única filha, deixara. Morria de orgulho quando diziam que o menino parecia com ele por causa do nariz grande, dos olhos castanhos e do sorriso tímido que os dois compartilhavam. Também tinham em comum a pele queimada do sol e umas manchinhas nas bochechas. Mas o que realmente encantava o vô Nelson era o sinal preto que Cicinho tinha do lado direito da boca: era exatamente igual ao de Viviana. O cabelo liso era do pai, ele não pegou os cachos da mãe. Mas os fios eram pretos tão escuros como a noite de Gravatá... ah, ele herdou em cheio da sua doce mãe!

O encontro de Cicinho com Seu Ciço

— Já tô indo, vô!

Cicinho se despediu de Lampião e saiu de casa. Seguiu pela estrada de barro até a feirinha de Gravatá. Era uma segunda-feira de sol, mas a temperatura estava começando a diminuir. O mês de julho se aproximava. Mês de férias, a cidade ficava cheia. O menino não demorou para chegar à feira e correr para a barraca de Seu Ciço.

- Opa, menino sabido! Qual é a fruta de hoje?

- Oi, Seu Ciço! - Cicinho abraçou o senhor. - Hoje, vô Nelson quer laranja!

O nome em comum não era por acaso. Os dois vinham de famílias devotas do Padre Cícero, o querido *Padim Ciço* do Ceará que cativou todo o Nordeste. Cicinho era, como dizia a sua mãe, o fruto de uma promessa ao Padim Ciço. Ela sonhava em ter um menininho para cuidar, e o Padim concedeu a maior graça da sua vida. Quando pegou o bebê no colo pela primeira vez, cantou "meu filho hoje está vivo e se chama Ciço também...". Ela sonhava em ir à romaria em Juazeiro do Norte. Cicinho sempre disse ao vô Nelson que um dia eles iriam juntos fazer a peregrinação e rezar pela alma da sua mainha.

– Então, deixa eu escolher as melhores laranjas para o teu vô Nelson ficar feliz! – Seu Ciço respondeu.

– Peraí, Seu Ciço! Não tá esquecendo de nada, não? – Cicinho riu enquanto sentava no chão, em frente à barraca.

Seu Ciço pegou a sua sanfona e não demorou para que cerca de 8 crianças se sentassem ao lado de Cicinho à espera do causo do dia.

– Essa laranja aqui... – ele começou a cantar – quem me deu foi Comadre Fulozinha! Ontem à noite, eu estava passeando pela mata com o cavalo do Doutor Marquim quando escutei um assovio.

– O senhor não saiu correndo, Seu Ciço? – um menino perguntou.

– Deixa ele continuar! – uma menina o cutucou.

Seu Ciço riu e continuou:

– Não, eu não corri! Comadre Fulozinha só faz mal a quem maltrata as nossas matas! Eu não estava fazendo nenhum mal, só estava passeando.

E aí, quando escutei aquele assovio baixinho, nem pensei duas vezes, peguei um punhado de fumo no meu bolso, desci do cavalo e coloquei em cima da pedra. Quando voltei para subir no cavalo, tinha uma trança gigante na crina dele! Comadre Fulozinha estava por perto!

As crianças se encolheram.

– E aí? – a menina perguntou, assustada.

– Peguei meu saquinho de mel que estava no outro bolso, desci do cavalo de novo e coloquei o mel ao lado do fumo. Quando voltei para subir no cavalo, a trança estava desfeita e uma cesta cheia de laranjas estava no chão, esperando por mim. Acho que ela gostou das oferendas!

– E se ela não tivesse gostado, iria deixar a trança no cavalo para sempre? – um dos meninos perguntou.

– Sim! E você sabe o que ia acontecer?

Naquele momento, Cicinho pulou e mostrou uma trança em seu cabelo.

– Cuidado! Olhem o meu cabelo!

– Ah! – as crianças gritaram, assustadas.

Seu Ciço gargalhou:

– Para com isso, Cicinho! Minha gente, foi ele quem fez essa trança! – o senhor sorria quase se engasgando.

Os meninos riram e pularam em cima de Cicinho, brincando. Toda história, era aquela bagunça.

– Eu acho que Cicinho deixou o cabelo grande só para fazer trança e botar medo em todo mundo! – um dos meninos, o Pedro, ria enquanto assanhava o cabelo de Cicinho.

– Tá bom, tá bom! Por hoje é só, amanhã tem mais! – Seu Ciço guardava a sanfona e se despedia das crianças.

Só Cicinho ficou.

– O que foi, Cicinho?

– Amanhã é o Dia das Profissões na minha escola.

– E o que é que tem?

– A gente tem que levar alguém, né?

– E...?

– E eu queria levar o senhor!

– Seu vô Nelson não quer ir?

– Vô Nelson não é contador de histórias, Seu Ciço.

– Eu sou vendedor de frutas, Cicinho.

Cicinho sorriu, balançando a cabeça.

– Eita, menino! Tá bom, eu vou! Como é que um velho que nem sabe escrever, só sabe desenhar o seu nome, pode inspirar uma criança, hein?

Cicinho pulou e abraçou Seu Ciço.

– Um dia, eu também vou contar histórias tão bem quanto o senhor.

Em seguida, ele virou para a barraca vizinha e perguntou ao seu Zezo se os ovos de codorna tinham chegado. O vendedor entregou uma cestinha coberta por um pano, o menino pegou, entregou algumas moedas e foi embora com a cesta e as laranjas.

Seu Zezo riu e virou para Seu Ciço:

– Para um velho inspirar um menino, alguma coisa certa na vida ele fez.

Seu Ciço pegou a sua sanfona e respondeu:

– Quando você descobrir o que foi, aí me conta, porque eu vou querer contar essa história também.

Cicinho chegou em casa, tirou os ovos da cesta, enrolou no pano e guardou na gaveta da cozinha. Pegou a sacola com as laranjas e fez suco para o seu avô. Depois colocou a comida de Lampião, ajudou o avô a guardar o material da colheita e foi para o seu quarto. Pegou um dicionário na gaveta da mesinha e começou a soletrar as palavras, sorteando as páginas.

– Mais baixo, Cicinho. Mais baixo, que eu tô rezando! – vô Nelson falou do quarto ao lado.

Meia hora depois, Cicinho foi até a cozinha, preparou cuscuz com ovo, serviu o seu prato e o do avô. Após o jantar, pediu a bênção e foi para o quarto dormir.

O Dia das Profissões

Amanheceu. O galo cantou e Seu Ciço acordou. Ele vestiu uma camisa branca de botão e uma calça jeans, lavou o rosto e seguiu para a padaria do centro. Lá, estavam Zezo e Lino esperando para tomar café. Seu Ciço cumprimentou os dois, pediu uma xícara de café com leite e avisou que ia chegar tarde à feira, porque ia até a escola com Cicinho.

– Por isso que tu tás todo arrumado, né, Ciço? – seu Zezo brincou.

Café tomado, ele seguiu para a escola. Não era longe, ficava a umas três quadras da padaria. No meio do caminho, Seu Ciço percebeu que a movimentação estava normal, típico de uma terça-feira na cidade. Algumas senhoras carregando sacolas de frutas, três meninos descalços brincando na calçada, uma jovem estacionando uma moto na farmácia da esquina e dois senhores jogando dominó em um banquinho em frente a uma casa amarela.

– Aqui, Seu Ciço! – Cicinho o avistou ainda no portão cinza recém-pintado da escola. Correu e abraçou o senhor. – Vamos para a sala, a professora já está lá.

Cicinho segurou a sua mão e foi mostrando o caminho até a sala.

– Vamos entrando, pessoal! Vamos entrando! Todo mundo sentando, por favor. – Fabiana organizava a turma.

Quando todos sentaram na pequena sala de mesinhas verdes, ela pegou a lista de alunos e começou a chamar. O primeiro foi Bernardo. Ele levou o seu pai, o Luís, um motorista de ônibus.

– Opa, minha gente! Eu sou o pai de Bernardo e dirijo ônibus há mais de vinte anos.

Seu Ciço ficou um pouco tonto e não conseguiu escutar mais nada. Enxugou as mãos na calça e a próxima coisa que ouviu foi o seu nome.

– A profissão do meu amigo é contar as histórias mais legais do mundo inteiro. Conta uma história para eles, Seu Ciço! – disse Cicinho para a turma.

Ele ficou parado.

– Seu Ciço?

As crianças começaram a ficar inquietas. Fabiana se aproximou.

– Está tudo bem?

Então, Seu Ciço se levantou e cumprimentou a turma. Ele contou a história do Menino e a Jaca, arrancando gargalhadas de todos. Cicinho suspirou aliviado ao ver que todos estavam se divertindo. Quando acabou o tempo deles, a turma aplaudiu e Fabiana chamou Daniel, o aluno seguinte. Seu Ciço se despediu e foi embora.

Durante a apresentação da mãe de Daniel, Manoel bateu na porta, chamou Fabiana e perguntou se ela ia entrar na cota do café dos professores, que custaria quinze reais.

– Vou, sim, só um segundo.

Ela foi até a mesa e não encontrou a sua carteira.

– Oxente! Eu tinha deixado minha carteira aqui em cima!

– Então, amanhã você me entrega. – Manoel saiu, apressado.

A notícia do concurso

Depois do horário da aula, Cicinho correu para encontrar Seu Ciço na feira.

– Eita, Cicinho! Veio direto da aula? O teu avô não tá esperando você em casa?

– Tá, sim! Eu só queria agradecer ao senhor. Foi a melhor apresentação de todas!

– Eita, menino bom! Tá longe disso, mas eu que agradeço pelo convite, Cicinho.

– Depois que o senhor foi embora, a professora recebeu um comunicado do Recife. Eu passei pra última etapa daquele campeonato que eu tinha contado ao senhor. Lembra?

– O concurso de soletrar? Lembro, sim! Menino, você é muito sabido, hein! Dá cá um abraço!

– Eu tenho que viajar para a capital com a minha professora e um outro adulto. Bora, Seu Ciço? Vamos com a gente!

– Oxente, Cicinho! Que história é essa? Viajar quando?

– Amanhã! – o garoto riu.

– Eita, Cicinho... O que é que você me pede chorando que eu não faço sorrindo, hein? Vamos, sim.

Cicinho o abraçou, feliz. Estava radiante por saber que o Seu Ciço iria com ele. Então, voltou correndo para casa. No caminho, fez uma parada estratégica para receber o chocolate de dona Neusa. Entrou em casa, abraçou o avô, contou sobre a viagem e foi correndo contar para a foto dos pais como tinha sido o dia. Em seguida, sentou-se no chão do seu quarto e pegou o chocolate. Lampião logo apareceu.

– Isso é comida de Cicinho. Não é de Lampião.

Fabiana

Eu gostei do Dia das Profissões. Acho que foi um contato interessante para a turma. Se bem que aquele dentista era meio prepotente, bem que ele poderia ser como aquele motorista de ônibus. Ele era tão bonzinho! Seu Ciço também era ótimo. Sim, onde está a minha carteira? Como é que eu coloco uma coisa em cima da mesa e ela some? As coisas não somem assim, num passe de mágica. Se sumissem, eu ia querer ser a primeira a desaparecer por um tempinho. Só para respirar. Se bem que eu estou falando de coisas, e não de pessoas. Ah, mas as pessoas somem... e como somem. É o que fazem de melhor! Ah, peste! Será que eu deixei em casa? Em cima da mesa? E como é que eu fui até a escola sem carteira? Eu não precisei pagar nada hoje? Onde é que está a minha cabeça, hein?

– Fabiana? Já chegou?

– Cheguei, mãe! Estava procurando a minha carteira.

– E achou?

– Achei.

– Então, venha comer aqui na cozinha.

– Já vou.

Minha mãe é assim. Nada de "como foi o seu dia?" ou "está tudo bem?". Com ela, é só "venha comer" e já está bom demais.

– Mãe, hoje o meu aluno recebeu um convite para concorrer nas finais do concurso de soletrar no Recife.

– E ele vai?

– Nós dois vamos. Eu sou a professora dele, né?

Minha mãe balançou a cabeça de um lado para o outro. Eu já sabia o que ela ia dizer.

– Os seus outros filhos precisam mais de você, né? Se tivesse uma cama, tu morava naquela escola.

– Mainha, não começa! É um aluno que vai representar a escola em um campeonato estadual. É o meu trabalho.

– Quando você nasceu, eu larguei foi tudo pra cuidar de você.

– E painho morreu quando eu cresci, e, até hoje, a senhora se arrepende por não ter uma vida que não seja a minha.

Eu não devia ter dito isso. Mas ela pediu. Falei sem pensar, foi mais rápido que eu. Fiquei sentada sozinha na mesa da cozinha, até que Carol apareceu.

– Mainha, tu vai viajar?

Eu a peguei no colo. Arrependo-me por não fazer isso mais vezes. O cheirinho de maçã-verde do cabelo dela funciona melhor do que qualquer calmante para mim. Ah, minha menina! Como a tua mãe erra contigo... A começar pela escolha do teu pai, né? Eu tenho certeza de que, se ele não tivesse deixado a escola e tivesse encontrado um emprego decente, nunca viraria aquele bêbado largado. Só que não tinha como saber que ele ia ser assim... É, mas, se não fosse ele, você não existiria hoje. O melhor presente daquele casamento enlouquecedor. O melhor presente dessa vida maluca. Ainda bem que aquele casamento acabou. O que foi que ela me perguntou, mesmo?

– Hein, mãe?

– Oi, meu amor!

– A senhora vai viajar?

– Vou, sim, por quê?

– Traz um presente da viagem pra mim?

– Claro, meu amor!

Coloquei Carol na cama junto de todos os seus bichinhos. Ela sempre me pediu para fazer uma montanha de bichinhos de pelúcia na hora de dormir. Acho que se sente mais segura com eles. Coloquei o último ursinho ao lado da sua cabeça e fui arrumar a minha mala. O ônibus ia sair muito cedo.

Seu Ciço e a noite anterior à viagem

Seu Ciço tinha acabado de chegar em casa. Acendeu uma vela e se ajoelhou em frente ao santuário da pequena sala.

– Ai, meu Padim Ciço, abençoa essa viagem de amanhã e deixa esse menino feliz.

Ele pegou um porta-retratos com a foto de uma sorridente mulher com uma cesta de flores na mão e beijou o vidro. Ele também sorriu.

– Eita, minha Severa! Logo eu, que nunca quis ir para a cidade grande... Tinha que ser um menino muito querido mesmo! Oh, mulher! Me guarda daí de cima e não deixa o Padim Ciço tirar os olhos de nós. Saudade aperta o coração, viu?

Em seguida, foi até o quarto e pegou duas mudinhas de roupas. Colocou na sacola, separou a sua sanfona e deitou.

O dia da viagem

O dia amanheceu e Seu Ciço, Cicinho e Fabiana já estavam na estação de ônibus. O vento dava a impressão de que a temperatura estava mais baixa, mas o sol brilhava no céu azul.

– Estação. E-S-T-A-Ç-Ã-O – Cicinho treinava.

Fabiana, nervosa, escrevia algo num caderno. Seu Ciço chamou Cicinho e lhe mostrou um passarinho. Contou um causo sobre a história dele.

– Se o senhor pudesse ser um passarinho por um dia, o que o senhor iria fazer?

– Eu voaria bem alto para mandar um beijo para a minha Severa.

– Será que painho e mainha estão com ela, Seu Ciço?

– E onde mais eles poderiam estar, Cicinho? Estão todos com o Padim Ciço, torcendo por você. Eu acho até que estão com um dicionário nas mãos!

Fabiana, escutando aquilo, sorriu e guardou o caderno.

– Não vai olhar o passarinho, dona Fabiana? – Seu Ciço sorriu.

– Ele voa muito rápido. Não dá nem para olhar.

– Será? – ele brincou.

O ônibus chegou. Os três entraram. Seu Ciço logo pegou a sua sanfona e animou todos na viagem. Fabiana pegou o caderno novamente. Era a folha do seu roteiro. Não estava conseguindo escrever nada. Então, guardou o caderno na bolsa e foi até o motorista para perguntar quanto tempo de viagem faltava. Depois, sentou novamente.

– Por que a senhora faz tudo tão ligeiro? – Seu Ciço perguntou.

– Porque a vida pede pressa, Seu Ciço. Não demora.

– É mesmo? E eu achava que era o contrário! – E deu uma gargalhada.

Fabiana sorriu e olhou pela primeira vez para aquele senhor. Olhar, ela já tinha olhado. Enxergou-o pela primeira vez. Ele era negro, tinha o cabelo grisalho, a sobrancelha grossa e um sorriso de orelha a orelha. O rosto era manchado e as mãos estavam cheias de calo do trabalho do qual ele tanto se orgulhava. O senhor vestia uma camisa cinza e uma calça jeans clara. Nos pés, uma percata extremamente bem cuidada. No peito, um cordão de Nossa Senhora e, no punho esquerdo, uma fitinha de Padre Cícero. Ele pegou a sua sanfona e começou a tocar "A vida do viajante", de Luiz Gonzaga. Não demorou para que o ônibus inteiro cantasse junto: "Minha vida é andar por este país, pra ver se um dia descanso feliz, guardando as recordações das terras onde passei...".

O ônibus parou em um posto no meio do caminho. Então Cicinho aproveitou para descer e ir ao banheiro. Seu Ciço comprou um cafezinho para ele e outro para Fabiana. Ela bebeu em um gole só.

– Vô-te! A moça é tão ligeira que não espera nem o café esfriar um tiquinho.

Cicinho voltou do banheiro e os três seguiram o restante da viagem conversando.

– Então, quando foi que você conheceu o Seu Ciço, Cicinho?

– Oxe, e eu lembro?! Eu devia ser um tiquinho de gente.

– Ah, dona Fabiana! Ele era miudinho, desse tamanhinho. – Ele indicou o tamanho usando os braços. – Acompanhava o avô lá na feira. Depois, virou um hominho e vai sempre comprar sozinho.

– Antes, eu achei que vocês eram da mesma família. Têm até o mesmo nome!

– Família é quem ama e inspira, né não, Cicinho? – Seu Ciço assanhou o cabelo do menino.

Fabiana sorriu e pegou o caderno novamente.

Recife

O ônibus chegou ao Recife no horário do almoço.

– A gente pode almoçar no shopping? Eu sempre quis conhecer um – Cicinho pediu.

– A gente ainda tem que fazer a inscrição na escola, Cicinho, não dá tempo! – Fabiana respondeu.

– Oxe, dona Fabiana! Tem muito tempo. Eu também nunca conheci um shopping. – Ele piscou para Cicinho.

– Eita, vocês dois! Sei não, viu...

Eles pegaram outro ônibus e seguiram para o Shopping Recife, em Boa Viagem. Cicinho ficou encantado com o tamanho daquele lugar e os três seguiram juntos para um quiosque de pastel. Seu Ciço comeu um pastel de queijo e tomou um caldo de cana. Cicinho também comeu um pastel de queijo, mas tomou uma Coca-Cola e Fabiana comeu um pastel de carne e tomou um suco de laranja.

Depois do almoço, o menino parou em frente a uma loja de doces. Ele estava fascinado pela fonte de chocolate que ficava logo na entrada.

– Ô, menino, ninguém aqui tem dinheiro para dar para você, não! Cadê o segurança do shopping? – a vendedora enxotou Cicinho.

– Moça, ele não está pedindo dinheiro, não! Só estava olhando – Fabiana reclamou e, virando-se para Cicinho, perguntou: – Qual é o seu chocolate preferido?

– Chocolate crocante – ele respondeu e foi até Seu Ciço.

Fabiana entrou na loja e tirou algumas moedas da bolsa.

– Gostaria de um chocolate crocante e um ao leite. O ao leite é para presente. Embala para viagem, por favor.

– Com essas moedas, só dá para levar um.

Fabiana pegou uma nota de 10 reais.

– No momento, eu estou sem troco para nota maior. Quer colocar no débito?

Fabiana pegou apenas um e saiu da loja. Encontrou Seu Ciço e Cicinho e os chamou:

– Vamos?

Eles foram atrás dela. Seu Ciço, vendo Cicinho triste, contou o causo da mulher má que Comadre

Fulozinha castigou e mandou para a cidade grande, para ela trabalhar eternamente vendo todo tipo de chocolate sem nunca poder comer um. Cicinho encostou a cabeça em Seu Ciço e Fabiana sorriu.

Os três saíram do shopping e seguiram para a escola. No momento da inscrição, a secretária, uma simpática moça chamada Clarice, informou:

– Eu sinto muito, ninguém avisou? O evento foi adiado por um dia. Todas as atividades da escola estarão suspensas amanhã.

– Então a gente pode passear amanhã? – Cicinho perguntou.

– Você deveria ficar se preparando para o concurso, Cicinho – Fabiana respondeu.

– Mas eu queria conhecer o mar...

– Sabe que eu também queria muito conhecer aquela quantidade toda de água? – Seu Ciço emendou.

– Cicinho, você deveria aproveitar o dia para revisar – Fabiana falou mais séria.

– Tá... – o menino suspirou. – E onde a gente vai dormir?

– A escola reservou dois quartos em um hotel. Muito chique, né? Vamos conhecer? – ela respondeu enquanto pegava os papéis da reserva em sua bolsa para procurar o endereço.

Já era noite quando os três desceram do ônibus numa parada em frente ao hotel. Enquanto Fabiana conversava com a recepcionista, o segurança do hotel tentou expulsar Seu Ciço e Cicinho. Nervosa, a professora chamou o gerente do hotel.

– O que é que está acontecendo? Vocês expulsam os hóspedes? É assim que as coisas funcionam?

– Senhora, me desculpe! Essa definitivamente não é a conduta dos nossos funcionários! Eu... eu não sei por que ele fez isso. Eu posso fazer alguma coisa para amenizar essa situação?

– Não, o seu segurança já fez tudo.

– Não, não! Por favor! Qualquer coisa! Vocês estão de carro? Posso disponibilizar o carro do hotel com um motorista para vocês ficarem mais à vontade.

Ela virou para Seu Ciço e ele perguntou:

– Mas não já tem o ônibus?

– Assim, pode ficar mais rápido para irmos de um canto a outro. – Ela riu antes mesmo de terminar a frase.

Ele também riu e acabaram aceitando.

O elevador

Check-in feito, os três foram esperar o elevador.

– Vocês já andaram de elevador? – Fabiana perguntou.

– Eu não, mas já vi na televisão! – Cicinho respondeu.

– Eu já andei uma vez, dona Fabiana. É um negócio engraçado, né? A pessoa nem precisa subir as escadas pra chegar no lugar – Seu Ciço falou.

– Eu já andei e não acho engraçado não, viu... Negócio apertado danado! – ela falou.

Não demorou para o elevador chegar ao térreo. Quando entraram, só subiram um andar e ele parou.

– Meu Deus do Céu! Eu tenho claustrofobia! – Fabiana se apavorou.

– Clau o quê? – Seu Ciço perguntou.

– Claustrofobia. Medo de ficar em lugar fechado. Ai, meu Deus, ai, meu Deus!

– Claustrofobia. C-L-A-U-S-T-R-O-F-O-B-I-A. Essa foi fácil! – Cicinho treinava.

– É sabido demais! – Seu Ciço passou a mão no cabelo do garoto.

– Eu tô sem ar. Eu tô sem ar. Eu tô sem ar. Que calor!

– Dona Fabiana, o ar tá aqui do mesmo jeito que se o elevador tivesse subindo! Não mudou foi nada. Por que a senhora não senta um pouco?

– Porque eu tô apavorada, Seu Ciço! Não dá pra sentar. Eu quero sair! Olha minha mão suando! Meu coração está batendo disparado!

Seu Ciço riu e começou a cantar:

– Meu coração tá batendo como quem diz: "Não tem jeito!". Zabumba bumba esquisito, batendo dentro do peito...

Cicinho emendou:

– Teu coração tá batendo como quem diz: "Não tem jeito!". O coração dos aflitos pipoca dentro do peito...

Fabiana até se esqueceu do desespero e começou a rir.

– É sério que vocês vão cantar Alceu Valença num elevador parado?

– A gente pode cantar sozinho ou a senhora pode cantar junto.

– Coração-bobo, coração-bola, coração-balão, coração-São-João. A gente se ilude, dizendo: "Já não há mais coração!" – ela se encarregou do refrão.

E foi assim que o elevador quebrado virou palco de um momento de descontração que há tempos Fabiana não experimentava. Não demorou muito para que logo fosse consertado e eles seguissem para os seus quartos.

Palíndromo

Quando amanheceu, Fabiana foi até a porta do quarto de Seu Ciço e Cicinho. Bateu uma vez. Ninguém abriu. Bateu novamente. Nada. Bateu mais duas vezes e, como ninguém atendeu, foi até a recepção do hotel.

– Bom dia. O senhor e o menino que estavam com a senhora pediram para avisar que foram conhecer o mar – Clarice falou.

– Conhecer o mar? Eita... – Fabiana coçou a cabeça.

– Sim! Mas eles não quiseram ir com o motorista daqui, disseram que iriam de ônibus. Expliquei qual era a parada em que eles deviam descer, posso dizer qual foi o ponto para o motorista e ele leva a senhora até lá. O que acha?

– Muito obrigada, Clarice! Acho ótimo!

Ela tomou um suco rapidamente e encontrou o motorista.

– Bom dia, senhora. Meu nome é Francisco e eu estou à sua disposição. Clarice já me explicou para onde nós vamos. Devemos chegar rápido!

– Bom dia, Francisco. Obrigada!

Ela desceu na altura da parada de ônibus indicada por Clarice e seguiu pelo calçadão até encontrar Seu Ciço e Cicinho. Eles estavam deitados na areia, de frente para o mar, com as mãos na cabeça e as pernas cruzadas.

– Vocês têm noção do tamanho desse calçadão para eu encontrar vocês?

– Pelo jeito que a senhora tá esbaforida, deve ser gigante! – Seu Ciço brincou.

– Engraçadinho. Poderiam ter me chamado, pelo menos. Mas deixa para lá. Enfim, vamos tomar uma água de coco?

Eles foram até o quiosque mais próximo. Cicinho observou a placa que informava o perigo de ataques de tubarão e Seu Ciço logo contou o causo do tubarão no lago de Gravatá. Fabiana pegou o seu caderno na bolsa e começou a escrever.

– Moço, dá três cocos gelados, por favor! – Cicinho pediu ao vendedor.

Depois que Fabiana deu o primeiro gole, reclamou:

– Vixe Maria! Isso aqui tá oco. Tem água nenhuma aqui, não.

– Oco. O-C-O. Um palíndromo – Cicinho pensou em voz alta.

– Pali o quê? – Seu Ciço perguntou.

– Palíndromo, né, professora? Palavra que começa e termina do mesmo jeito. É igual da frente pra trás e de trás pra frente.

– Ô menino sabido! Como é que tu sabe dessas coisas? – Seu Ciço perguntou.

– Cicinho, eu ainda não ensinei isso na turma de vocês – Fabiana se espantou.

– Eu sei, professora! É que eu gosto de ler os livros das turmas da frente.

– Já pensou, Cicinho? Um negócio que começa e termina igual? – ela falou.

– Eu acho bonitas essas palavras... – Cicinho comentou.

– Oxe! E por que um negócio iria querer começar de um jeito e terminar de outro? Eu que não ia querer esquecer de mim no meio do caminho – Seu Ciço brincou.

– Mas o senhor não queria mudar pra que nadinha fosse diferente, Seu Ciço? – Fabiana perguntou.

– Se alguma coisa fosse diferente, a gente não estaria aqui hoje, dona Fabiana!

Ela riu e escreveu alguma coisa no seu caderno.

Antes do horário de almoço, eles decidiram voltar para o hotel com o motorista. Cicinho dormiu no carro e Seu Ciço e Fabiana ficaram conversando.

– Eu não sei se posso perguntar, mas o que danado a senhora tanto escreve nesse caderno?

– Eu preciso escrever uma história para aprovar uma peça de teatro de fim de ano na escola. Se tudo der certo, eu posso até conseguir começar um clube de literatura e teatro com os alunos.

– E depende de quem para dar certo?

– Do diretor da escola.

– Entendi. É nesse caderno que tá a história?

– Está, sim!

– Boa sorte, dona Fabiana! Eu tenho certeza de que tá uma belezura! A inspiração que faltava era essa viagem!

Ela riu.

– O que foi? – ele perguntou.

– Não vai pedir para eu contar qual é a história, vai? Pensei que ia ficar curioso.

– Curiosidade é querer saber as coisas antes da hora, dona Fabiana. Não gosto de apressar nada. – Ele piscou para ela e encostou a cabeça na janela do carro.

Fabiana estava sem reação diante de toda aquela sabedoria que cabia em um vendedor de frutas tão simples.

O trânsito estava lento na Avenida Agamenon Magalhães, a mais engarrafada da cidade. Cicinho ainda dormia e Fabiana tinha acabado de pegar no sono, quando acordou com Seu Ciço tossindo.

– Está tudo bem, Seu Ciço? O senhor engasgou? – ela perguntou.

– Tá tudo bem, foi só uma crise de tosse.

Eles finalmente chegaram ao hotel e almoçaram lá mesmo. À tarde, seguiram com Francisco para visitar alguns museus do Recife. Fabiana tinha um desejo enorme de conhecer o Cais do Sertão, pertinho do Marco Zero. Ela já tinha lido bastante sobre ele e era encantada pela proposta de prestar uma homenagem ao povo sertanejo e proporcionar uma imersão na realidade do sertão em pleno litoral recifense. Sem falar que, desde pequena, ela era apaixonada pelas músicas de Luiz Gonzaga, o grande homenageado do museu.

– Seu Ciço, sabe que a gente vai ver tudinho sobre o Rei do Baião? Aguenta coração!

– Vai ser bom! Seu Ciço toca que nem ele! – Cicinho encostou a mão no ombro de Seu Ciço.

– Já pensou numa coisa dessa, dona Fabiana? Esse menino é muito bondoso! Eu tocar que nem Luiz Gonzaga... – Seu Ciço riu.

Quando o carro parou em um sinal, Francisco perguntou:

– Vocês são família?

– Ele é meu avô do coração e ela é a minha professora de Português – Cicinho respondeu.

– Então, quer dizer que o senhor não é o pai dela? – Francisco perguntou para Seu Ciço.

– Não, senhor.

– Eu já ia elogiá-lo pela filha bonita.

– Homem, elogie a moça, que a beleza é dela! – Seu Ciço brincou. Ele encostou a cabeça na janela e começou a cantarolar baixinho *Eu só quero um Xodó*, de Dominguinhos.

Francisco ficou com vergonha e todos caíram na gargalhada. Eles seguiram para o Marco Zero, depois foram para o Museu do Cais do Sertão. Foi no karaokê que os três se divertiram cantando *Asa Branca*, juntos.

– Dona Fabiana, a senhora canta muito bem! Como é que a gente ainda não tinha escutado essa voz toda?

– Posso contar um segredo? – ela falou, tímida.

– Só se a senhora quiser... – Seu Ciço brincou.

– Eu amava cantar, desde pequena. Fazia tudo cantarolando. Minha mãe reclamava, mas o meu pai adorava. Ele arranjou um professor de música pra mim. Acabou que eu fui aprender bateria. A gente nunca pôde comprar uma, mas painho tinha um amigo que era músico e eu adorava batucar tudo na casa desse amigo dele.

– A senhora sabe tocar bateria, professora? – Cicinho se espantou.

– Sabia, Cicinho! Faz tanto tempo, eu nem devo lembrar mais! Mas é segredo, hein? Não vai sair espalhando lá na escola!

– Então quer dizer que a senhora, que toma café queimando porque nem espera esfriar, entende tudo de ritmo? Até onde eu sei, qualquer batidinha antes do tempo pode atrapalhar a música todinha... – Seu Ciço sorriu.

– Entendia mais ou menos... Acho que eu estava começando a aprender direitinho quando painho morreu. Aí, ficamos só eu e mainha e nunca mais vi uma bateria na vida.

– Eita... E a senhora não tem saudade de tocar, professora?

– Tenho saudade de tocar pra ele, Cicinho... E como!

Os três ficaram em silêncio e Cicinho a abraçou. Era impressionante como a ausência de palavras podia ser reconfortante para uma professora que trabalhava com elas como sua matéria-prima.

Quando a visita acabou, eles seguiram a pé para o Paço do Frevo. Na entrada, Seu Ciço precisou sentar um pouco.

– Seu Ciço? Está tudo bem?

– Tá tudo bem, não se preocupem – ele respondeu e começou a tossir sangue.

Fabiana se desesperou, correu para chamar Francisco e eles foram depressa para o Hospital da Restauração.

A consulta

— Como assim, estágio terminal, doutor? Deve ter havido algum engano. – Fabiana andava de um lado para o outro. – Seu Ciço, fala alguma coisa! Diga para ele que o senhor está bem!

Seu Ciço não falou nada.

– Seu Ciço! O senhor já sabia disso? Como é que o senhor sabia? Não contou nada para ninguém? Como pode? Há quanto tempo o senhor sabia?

– Tempo o suficiente para não fazer mais essa cara de espanto que tu tás fazendo – ele brincou.

– Como é que o senhor deixa uma coisa dessa acontecer, Seu Ciço? Poderia ter corrido atrás de algum tratamento! Poderia ter falado para alguém! E agora? O que é que você vai fazer? Ai, meu Deus! Cicinho não sabe disso, né?

– Dona Fabiana, por favor, ele não precisa saber disso, muito menos a tão pouco tempo do concurso.

– Eu não vou contar. Ele está esperando lá embaixo. Mas... por quê, Seu Ciço? Por quê?

– Porque não tinha mais o que fazer, dona Fabiana. Só me restava viver.

– E como o senhor não conta uma coisa dessa a alguém, Seu Ciço? Como? – ela se irritou.

– Contar o quê, Dona Fabiana?

– Que o senhor vai morrer! – ela gritou. – Desculpa. Eu não queria...

– Dona Fabiana, deixa eu contar um negócio para a senhora. Não sou só eu que vou morrer não, viu? Vai todo mundo morrer. Não escapa um! – Ele sorriu e segurou a mão dela.

Ela sacudiu a cabeça, não acreditava que estava rindo em uma situação como aquela.

– Seu Ciço, eu prometo que vou procurar outro médico. Prometo que a gente só vai sair do Recife depois que encontrar o melhor tratamento para o senhor.

– Tá bom, agora chama o médico, eu preciso dizer para ele que tenho um compromisso importante amanhã. Vai ser o grande dia de Cicinho!

Fabiana

Como assim, ele vai morrer? Como é que uma pessoa consegue viver em paz com isso? Como é que ele não está apavorado? Como é que... Meu Deus do Céu! Ele não pode morrer! Não pode. Não pode. Como é que eu vou dormir tranquila sabendo disso? Não dá... Imagina quando Cicinho souber. Ah, Cicinho... Será que ele acreditou que está tudo bem? Ele é um menino tão sensível...

Cicinho

Eu acho que eu estou vivendo os melhores momentos da minha vida. Eu conheci a cidade grande e o mar, fui ao shopping pela primeira vez, tomei água de coco... E que engraçado! Vi um lado da professora que eu nunca tinha visto antes. Ela sempre foi muito boa, mas era tão agoniada que fazia até graça. Acho que ela está "desagoniando". Ah, e amanhã é a etapa final do concurso de soletrar! Tá tão pertinho... Eu queria que painho e mainha estivessem aqui para assistir. Mas eu sei que eles estão lá em cima, de mãos dadas com Padim Ciço, torcendo por mim. É uma pena que Seu Ciço tenha adoecido bem na véspera do concurso, mas ele disse que só precisa descansar um pouco. Acho que a gente fez muita coisa em pouco tempo.

O dia do concurso

O médico liberou Seu Ciço e os três seguiram para o hotel com Francisco. Durante o caminho, Fabiana permaneceu em silêncio. Braços cruzados, cabeça encostada na janela do carro e o pé direito que insistia em balançar, deslocando a pontinha do tapete de borracha. Seu Ciço, no banco do passageiro, olhava para a frente, tranquilo, acompanhando o caminho feito pelas ruas engarrafadas. Cicinho, preocupado com Seu Ciço, perguntava a cada minuto se o senhor estava se sentindo bem.

Quando chegaram ao hotel, subiram direto para os quartos para descansar. Fabiana não conseguiu dormir. Ficou chorando na cama. Cicinho foi treinar com o seu dicionário, e Seu Ciço logo adormeceu.

Quando amanheceu, Cicinho acordou todo animado.

– É hoje! É hoje! Acorda, Seu Ciço!

Ele saiu do quarto para chamar Fabiana e deu de cara com a professora no corredor do hotel.

– Vamos, Cicinho! Já estou pronta! Chegou o seu dia!

Ele voltou ao quarto para se arrumar e saiu com Seu Ciço.

– Prontos?

– Prontíssimos.

– Soletre, por favor. – Fabiana apontou para Cicinho.

– P-R-O-N-T-Í-S-S-I-M-O-S.

Eles desceram para tomar café no hotel. Cicinho tomou um chocolate quente, Seu Ciço tomou uma xícara de café com leite e Fabiana comeu uma fatia de bolo de laranja.

Quando saíram do hotel, Francisco já estava no carro, esperando por eles.

– E aí, Cicinho? Tudo certo? – O motorista apertou a mão do menino.

– Tudo certinho, Francisco! Me deseje boa sorte!

– Boa sorte, Cicinho! – Francisco riu.

– Quem vai precisar de sorte é quem vai competir contigo, menino! – Seu Ciço brincou.

Mais uma vez, a Agamenon Magalhães estava completamente congestionada. O hotel em que eles estavam hospedados ficava no bairro de Boa Viagem e a escola ficava no bairro do Derby. O problema nem era a distância. Era o trânsito do Recife que não colaborava. Estava chovendo bastante, o que tornou tudo ainda mais lento. Aquilo não era um problema para Cicinho, ele estava com o seu dicionário, devorando todas as palavras. Fabiana estava um pouco mais nervosa e Seu Ciço cantarolava a música que tocava na rádio.

Quando o carro parou em um sinal, um passarinho pousou no retrovisor.

– Olha esse passarinho, minha gente! Que lindo! – dessa vez, foi Fabiana quem observou.

– Eita, ele não voa rápido demais para a gente olhar, dona Fabiana? – Seu Ciço brincou.

– Voa nada. Nós que andamos rápido demais para olhar pra ele – ela respondeu enquanto acompanhava o passarinho alçar voo.

– Quem diria, hein, Seu Ciço? – Cicinho cutucou o senhor.

Eles riram.

– Quem diria o quê, menino? – Fabiana perguntou, rindo.

– Nada, não. – Cicinho piscou para Seu Ciço.

Quando chegaram à escola, todos os outros participantes já haviam chegado, mas ainda faltavam vinte minutos para começar o concurso. Então,

Fabiana, Seu Ciço e Cicinho aproveitaram o tempo para ficarem sentados em um banquinho.

– Você sabe que já é um vencedor, né, Cicinho?

– Sei, professora.

– Eu estou falando sério! Nunca aluno algum atingiu a sua pontuação para chegar a essa fase do campeonato. Eu não falei ainda, mas queria dar os seus parabéns.

– Não precisa falar. A senhora já mostrou.

– Mostrei, foi?

– Foi.

– Mas eu também quero falar. Parabéns, Cicinho! Você é um orgulho para a escola inteira. Eu tenho certeza de que a turma está toda reunida torcendo por você.

– Obrigado, professora. E obrigado, Seu Ciço, também!

– Eu? O que foi que eu fiz, Cicinho? Eu tô aqui, quietinho no meu canto! – Seu Ciço abraçou o menino.

Foi bem na hora daquele abraço que chamaram Cicinho. A etapa final iria começar.

– Todos os participantes aqui, por favor!

Os participantes se reuniram no pequeno palco. Todas as rodadas eram eliminatórias, então a regra era clara: não era permitido errar nenhuma palavra. Quem errasse, estaria fora.

Cicinho

Era a minha hora. Eu tinha me preparado para aquele momento. Eu sabia que tinha me preparado. O menino ao meu lado parecia bem confiante. A menina do outro lado também. As palavras começaram bem fáceis, ninguém errou a primeira rodada. Eu olhei para a frente, a professora acenou para mim. Ela sempre acreditou muito em mim. Olhei para o lado dela e Seu Ciço sorriu. Que orgulho eles deviam estar sentindo naquele momento! A segunda rodada começou e eu também não errei nenhuma palavra. Tudo corria bem. Na terceira rodada também. E na quarta. E na quinta. Ninguém estava errando nenhuma palavra! Estava ficando mais difícil, mas eu me mantinha firme. E então o primeiro erro! Aquele menino errou a palavra alvíssaras. Depois, foi a vez da menina: ela errou vicissitude. Eu estava me animando, estava cada vez mais perto de ganhar. Mais dois meninos erraram. Até que restaram três pessoas: eu e duas meninas.

Fabiana

Cicinho estava indo bem. Eu ainda estava dividida entre o nervosismo pelo campeonato e o turbilhão provocado pela consulta médica de Seu Ciço no dia anterior. Eu olhava para Cicinho e, quando percebia, já estava olhando para Seu Ciço novamente. Quanta tranquilidade... que ar sereno. Cicinho continuava bem. As meninas pareciam mais nervosas. Ele nem tremia a voz! Mais algumas rodadas aconteceram, eu estava com os olhos fitados nele, mentalizando cada palavra soletrada, até que... ele pulou do palco e desceu. Eu não entendi o que estava acontecendo, até ver Seu Ciço desmaiado ao meu lado. Cicinho correu até nós, gritando:

– Seu Ciço, acorda! Acorda, Seu Ciço!

Um tumulto começou. As pessoas começaram a se aglomerar. Um dos pais presentes era médico e correu para ajudar Seu Ciço. Ele olhou para mim e falou sério:

– Ele precisa ir para o hospital imediatamente! Eu levo vocês no meu carro. Vamos!

Ele colocou Seu Ciço no banco de trás e eu fui ao seu lado, no banco de passageiro. Uma mãe se ofereceu para levar Cicinho em outro carro. Eu falei que era melhor ele não ir, mas de nada adiantou. Eu não estava conseguindo pensar em nada. Passei o caminho inteiro gritando por Seu Ciço. Tentava segurar a sua mão. Estava gelada. O senhor que estava me levando, o Gustavo, pedia para que eu ficasse calma. Ele dizia que ia ficar tudo bem.

Quando chegamos ao hospital, Seu Ciço foi levado para a emergência. Eu não pude entrar com ele. Fiquei sentada, do lado de fora, chorando. Cicinho chegou logo em seguida. Ele estava vermelho de tanto chorar.

– Professora, o que aconteceu com ele? Vai ficar tudo bem?

Eu não consegui responder. Só o abracei forte. Ficamos algum tempo na sala de espera até que o médico finalmente apareceu:

– Ele acordou. Está um pouco sonolento, mas perguntou por vocês.

Um alívio tomou conta de mim.

O capítulo do passarinho

Fabiana e Cicinho entraram no quarto de Seu Ciço.

– Seu Ciço, o que é que está acontecendo? O senhor me disse que só precisava descansar... – Cicinho segurou a sua mão.

– É que chegou a hora de encontrar minha Severa, Cicinho! Eu nem precisei virar um passarinho, né?

– Mas... como assim? O que aconteceu? Não, Seu Ciço, por favor! O que o senhor está falando? Você não vai para canto algum!

– E o que é que eu vou dizer para o Padim Ciço, que está me chamando, Cicinho?

– Diz pra ele que vai ficar só mais um tiquinhozinho. – Cicinho chorou.

Fabiana saiu da sala, emocionada. Encostou na parede e desabou a chorar.

– Cicinho, me promete que vai continuar sendo esse menino bom e que sempre vai ajudar o seu avô Nelson?

– Prometo, Seu Ciço – ele respondeu enxugando os olhos.

– Então, agora, chame dona Fabiana. Eu preciso falar com ela. – Seu Ciço beijou a cabeça do garoto.

Cicinho saiu e Fabiana entrou. O quarto era bem apertado. Só tinha espaço para uma cadeira de descanso, além da cama do paciente.

Ela se sentou na cadeira e falou com a voz trêmula:

– Eu acho que agora está na hora de o senhor saber qual a história que eu escrevi, né?

Ele riu.

– É, dona Fabiana. Acho que sim.

– Eu prometi que ia achar um tratamento... – ela desabou novamente.

– Dona Fabiana, dona Fabiana! Eu já sabia que não tinha! Eu já sabia!

– Desculpe-me.

– Por quê?

– Eu achei que o senhor tinha pegado a minha carteira no Dia das Profissões. Eu juro que achei só por um segundo, na hora em que procurei e não achei.

Ele sorriu.

– Achou a sua carteira?

– Achei.

– Isso é o que importa. E então, qual é a história?

Ela ficou sem graça:

– É sobre uma serra em Gravatá, onde vivem vários animais e, lá do alto, dá para ter a vista do nascer do sol mais bonito do mundo. Mas os animais não conseguem vê-lo...

– Que coisa, dona Fabiana! E não conseguem por quê?

– Porque eles nunca param para ver... Até que um passarinho avisa para eles que ali, bem no lugar em que eles vivem, está a paisagem mais bonita de todas.

– E aí eles conseguem enxergar?

– Não. Porque eles ficam tão ansiosos que combinam de levantar bem cedo para não perder o nascer do sol. Mas eles levantam tão cedo, mas tão cedo... Que na hora que o sol nasce, já dormiram novamente, cansados.

– E a peça acaba aí?

– Acabaria, se o passarinho não tivesse conseguido reunir todos os animais no momento certo.

– Que bonito, dona Fabiana! E o que foi que ele fez para conseguir isso? Comprou um relógio para eles acertarem a hora? – ele brincou.

Ela riu e segurou a sua mão.

– No dia seguinte, quando todos os animais acordaram cedo novamente, ele os chamou para uma caminhada para conhecerem de verdade aquela serra. Eles gostaram tanto de conhecer com calma cada pedacinho do lugar em que viviam que despertaram! Quando chegaram ao local do nascer do sol, era o exato momento em que ele estava surgindo no horizonte. Foi a primeira vez que eles viram aquela paisagem. Eles ficaram tão encantados que quiseram vê-la pela primeira vez, muitas vezes.

Os olhos de Seu Ciço brilharam:

– Ver muitas vezes pela primeira vez? Eu tenho certeza de que as crianças vão adorar fazer essa peça, dona Fabiana.

– A história precisa ser aprovada antes, Seu Ciço... – E ela beijou a mão dele.

Ele piscou para ela e ajeitou a cabeça no travesseiro.

– Seu Ciço, eu... eu posso fazer uma pergunta?

– Claro.

– O que aconteceu com a sua esposa? Eu quero dizer, do que ela...

– Ela sofreu um acidente de ônibus quando vinha para uma consulta aqui no Recife.

– Poxa, eu sinto muito!

– Ela ia precisar fazer um exame aqui que o médico dela de lá tinha pedido. Foi a única vez que ela veio sem mim... Eu sempre a acompanhei em tudo, mas a feira estava muito cheia e ela disse que era melhor eu ficar tomando conta das vendas lá.

– Eu sinto muito, Seu Ciço.

– Não precisa ficar triste, dona Fabiana. Vai ficar tudo bem! Ei, a senhora tem um tempinho?

– Tenho.

– Olha ali na janela, uma surpresa!

E ali estava o passarinho mais bonito que Fabiana já tinha visto. Ele tinha as penas azuis, mas, com a luz do sol, pareciam verdes. Era lindo!

Enquanto admirava aquele colorido, ela sorriu, como se tivesse tido um estalo:

– Seu Ciço, o senhor sabia que tem um poeta que me faz lembrar muito do senhor?

– Um poeta, dona Fabiana? Eu, que nem sei escrever?

– E quem disse que poesia é escrever, Seu Ciço?

Ele riu e perguntou:

– E a senhora se lembrou do poeta agora, por quê?

– Porque eu lembrei que eu li uma vez alguma coisa que ele falava sobre escutar a cor dos passarinhos.

– A senhora escutou a cor desse daí, foi? Eita, dona Fabiana.... No dia que a senhora enxergar pela primeira vez o canto dos pássaros, acho que vai ser tão bonito quanto o sol nascendo na sua história! E eu quero estar assistindo!

– Enxergar o canto dos pássaros... O senhor é poeta mesmo, Seu Ciço!

Aquela foi a última conversa deles. Fabiana conseguiu ficar tranquila. Ela se surpreendeu com a própria reação: talvez, tivesse aprendido a escutar mais do que as cores dos passarinhos. Talvez, estivesse aprendendo a escutar o silêncio da ausência.

E a conviver com ele.

O capítulo final

Hoje faz um mês que Seu Ciço voou para encontrar a sua Severa. Ou melhor, conhecendo aquele senhor, ele nem deve ter voado. Deve ter caminhado devagar pelo céu, admirando cada nuvem e cada rosto conhecido que ele deve ter encontrado por lá.

Cicinho e eu ficamos por aqui, com a missão de repassar os ensinamentos da pessoa mais sábia que eu já conheci. Acho que para Cicinho é mais fácil do que para mim. Nunca vi duas pessoas tão parecidas... Quando a gente voltou para Gravatá, Cicinho me agradeceu pela viagem. Ele me disse que nunca imaginou que iria poder enxergar o som do mar de tão perto. Na hora, eu fiquei sem acreditar que ele estava falando aquilo.

– Tu ouviu isso onde, menino? – perguntei.

– Ouvi o quê, professora? – ele me perguntou com uma cara de quem não fazia a menor ideia do motivo do meu espanto.

– Isso, do som do mar – eu falei, encostando a minha mão no ombro dele.

– Ah, ouvi em canto nenhum, não. Eu vi.

Parei por ali mesmo. Só o abracei.

Foi ontem que ele recebeu a premiação do concurso de soletrar. Mesmo com a prova interrompida, os três finalistas foram premiados: Cicinho e as duas meninas. O avô dele estava sentado na primeira fileira, com o cachorrinho deles na coleira. Cachorros não eram permitidos na escola até a premiação. Nas cadeiras ao lado, sentaram-se dois senhores que disseram que estavam ali representando o Seu Ciço. Seu Nelson não parava de falar para os dois que aquele era o neto dele, com um sorriso de orelha a orelha.

Binho, Leno e Deco, meus alunos e melhores amigos de Cicinho, estavam sentados do outro lado da fileira. Eles ficavam o tempo inteiro aplaudindo e acenando para ele.

Minha pequena Carol foi assistir à premiação comigo na escola. Ela quis dar um chocolate de presente para Cicinho. Levei-a para escolher uma caixinha lá na loja do centro. Ela entregou a ele assim que a premiação terminou. Cicinho disse que gostou daquela caixa de chocolates até mais do que da medalha. Eu sei que foi força da expressão, mas realmente não duvidaria se fosse verdade.

Minha mãe também apareceu lá na escola no dia da premiação. Cicinho já tinha recebido a medalha quando ela chegou, mas ela foi até ele para dar os parabéns. Eu fiquei de longe, observando. Depois, conversei com ele. Era a minha vez de parabenizá-lo e agradecê-lo por tudo.

Só hoje eu consegui conversar com Manoel sobre a peça. Ele está com o meu roteiro em suas mãos, mas ainda não me deu uma resposta. Disse que vai avaliar.

Ainda bem que um sábio senhor me disse que a curiosidade é querer saber as coisas antes da hora. Enquanto essa hora não chega, eu fico aqui esperando.

Já tive pressa um dia.

FONTE: **Vollkorn**

#Talentos da Literatura Brasileira nas redes sociais

ns grupo novo século